KB027816

송홍만 제17시집

예수님은
내 마음 속에 계신 거야

한누리미디어

국립중앙도서관 출판시도서목록(CIP)

예수님은 내 마음 속에 계신 거야 : 송홍만 제17시집 / 지은이:
송홍만. -- 서울 : 한누리미디어, 2013
 p. ;   cm

ISBN 978-89-7969-463-5 03810 : ₩10000

한국 현대시[韓國現代詩]

811.7-KDC5
895.715-DDC21   CIP2013025415

원고를 출판사에 보내고 나니 큰 딸이 보낸
"예수님이라면 어떻게 하실까"(찰스 M. 쉘돈)를
숨죽이며 읽었습니다.
실은 예수님은 눈을 보시며 무슨 말씀하실까,
예수님은 연두색 나뭇잎 보시며 무슨 말씀하실까,
예수님은 모래알 보시며 무슨 말씀하실까, 라는
시를 지었기에 공감이 되고 있습니다.
원고를 정리하여 보내고 나니
76수가 되어 내 나이와 같군요.
육신의 고통은 영적 평안이 명의(名醫)입니다.
조금이라도 신앙생활에 도움이 되시길 기원합니다.
이번에도 목사님의 분에 철철 넘치는
추천의 말씀을 하여 주서 감사합니다.
더욱 더 열심히 하라시는 격려의 말씀으로
가슴 깊이 간직하겠습니다.
한누리미디어 김재엽 사장님께 감사 드립니다.
성탄절을 기쁜 마음으로 기다리면서
여러분 감사합니다.

2013. 11. 25

송 홍 만 올림

7

예수님은 내 마음 속에 계신 거야!

추천사

"귀 있는 자는 들을지어다."
주님께서 말씀하십니다.
누구에게나 귀가 있지만 다 듣는 것은 아니기 때문입니다.

송홍만 시인은 듣는 귀가 대단히 밝은 것 같습니다.
속삭이는 바람의 소리, 흘러가는 냇물의 소리,
떨어지는 낙엽의 소리, 우뚝 솟은 산의 소리,
조잘거리는 어린이의 소리, 거룩한 천상의 소리…….
소리와 쉼 없이 소통하는 그의 귀가 부럽기만 합니다.
일상생활이 얼마나 흥미진진하고 풍성할까요?

저는 언젠가 그랜드 캐년(Grand Canyon)을
가 본 적이 있습니다.
그 넓고 길게 뻗쳐 있는 계곡과
그 속의 신비한 바위 모습은
그야말로 환상적이었습니다.
그랜드 캐년은 길이가 450km(서울~부산), 폭이 30km의
넓은 계곡인데,
펼쳐지는 정경은 웅장, 신비, 황홀 그 자체였습니다.

8

송홍만 시인의 글 속에 들어가 있노라면
너무나 넓고도 시원합니다.
역사, 철학, 문학, 신학 등이
마치 그랜드 캐년에 서 있는 듯합니다.
그의 글은 언제나 우리의 심령을 시원케 하고
맑게 정화시켜 줍니다.
빛나는 생명력으로 거듭나게 하는 영혼의 세척장입니다.

이번에 출간되는 제 17시집
《예수님은 내 마음 속에 계신 거야》도
우리의 영혼을 깨끗하게 정화시켜 줄 것입니다.
우리 가까이에 송홍만 시인이 계셔서 행복합니다.
더욱이 우리 교회에 권사님으로 계신 것이
너무나 자랑스럽습니다.
할렐루야!

2013. 11. 20

기독교대한감리회 수원제일교회 담임목사 이 정 찬

차례 Contents

바람이
그려놓은 그림

제2부

11

차례 Contents

떠오르는 그리운 얼굴

제 3 부

12

예수님은
내 마음 속에 계신 거야

13

차례 Contents

하늘에 계신 우리 아버지여

1부

한 몸 된
아름다운 하루

춘천을 둘러보며

원래의 이름 '쇠머리골'
우곡성(牛谷城, 백제), 우두주(牛頭州, 신라)
춘천(春川, 고려)으로
오늘에 이른 유서(由緖) 깊은 고장

소양호에 잠긴 고인돌, 의암호에 잠든 돌무지무덤,
봉의산 혈거유적지(鳳儀山 穴居遺跡地)
옛 조상들의 삶의 흔적
어찌 이것뿐이랴

고려 태조 때 학자 이자현(李資玄)은
청평사에서 선학(禪學)을 닦으며
나무 한 그루, 풀 한 포기, 흐르는 물 그대로
자연정원(自然庭園)

높고 튼튼하게 쌓은 소양댐
말없이 이루어 놓으신 애국심
백발의 고개 숙여 감사의 기도를
영령(英靈) 앞에 올렸다.

16

몽고 말발굽을 물리친

봉의산성(鳳儀山城) 위에

호국(護國)의 얼 자욱하다.

(2012. 10. 23)

*수원제일감리교회 아브라함선교회(회장 이광직) 부부동반 가을 야외예배를 우두산 충렬
탑 옆에서 올렸다.

17

예수님은 내 마음 속에 계신 거야

표고버섯 향기로운 맛

말로만 들은 표고버섯을 날로 찢어 먹으니
송이버섯처럼 쫄깃하고 향기롭다.

초등학교 동창회에 갔더니 한 친구[*]가
손수 기른 거라며 한 봉지를 슬며시 주었다.

어릴 적에 '쥐밑골(鼠尾谷)' 어머니 진외가에 가면
할아버지는 알밤 두 주머니 가득 넣어주셨다.

오늘은 그 손자가
표고버섯을 한 봉지 주는구나.

줄기는 굵고 짧으며 희고, 삿갓은 진한 초콜릿색에 흰 줄무늬요
줄기 삿갓 모두 육질이 맛이 있고 향기롭다.

'표고버섯의 포자에는 독감이나 암에 속하는 풍을 다스려
피가 잘 흐르고, 건강에 좋다.' [*]

원래는 밤나무, 떡갈나무의 고목에 기생하는데
재배를 하기에 이르렀단다.   (2012. 10. 30)

18

[*]한 친구는 윤명한(尹明漢) 동창생이다.
[*]중국 명(明)나라의 오서(吳瑞)라는 분이 표고버섯에 대하여 풍치혈파기익(風治血破氣益)이라 말했다.

흉물이라니요

국내 최대 규모였던 청주연초제조창
도심의 흉물로 변하여
그 활용방법을 찾고 있다는 뉴스

공장의 모습을 보는 순간 젊은 날이 꿈틀
시키는 일이면 무엇이나 하여야 하는 고달픈 삶

우암산(牛巖山) 마루 위 흰 구름 바라보며
이 사람 저 사람의 꾸지람 힘겹게 견디어냄

누룽지 신문에 말아주던 고마운 식당 아주머니
우울한 마음 달래주던 고운 목소리 교환원(交換員)

힘겹고 괴로움 감사하며
청춘의 향기 자욱한 아름다운 일터

고마운 얼굴 한 분, 또 한 분
별과 같이 아름답게 웃고 있는 곳

이 어찌
흉물(凶物)이라니요.

(2012. 11. 7)

*1958. 5. 24 서울지방전매청 청주공장
  공통분업 상용잡부로 들어감
*1960. 4. 9 청주대학 법학과(야간부) 입학
*1961. 2. 24 병역미필로 휴직됨
*1961. 10. 6 육군 제2훈련소 입소(군번 0041322)
*1963. 4. 6 제대
*1966. 2. 12 청주대학 제13회 졸업.

19

예수님은 내 마음 속에 계신 거야!

느닷없는 강화도 여행

고구마 사러 강화도에 가련다는 연락에 주저하는데
여직원이 바쁜 일 없을 듯하니 다녀오란다.

어린아이가 따로 없이 좋아하며 따라나서니
기우는 햇볕에 멀고 가까운 산에 단풍이 아름답다.

백운산, 청계산, 관악산, 수리산 터널로 지나니
소래산, 관모산, 성주산 정겹게 기다리고 있구나.

이름 모를 얕은 산들이 초지대교까지 따라오더니
강화도 산기슭에 단풍들이 이야기 품고 기다린다.

정족산 삼랑산성 정수사, 함허동천, 개나리능선 따라
마니산 넘어 참성단 지나 개미허리로 하산하던 길

동막해수욕장
아주 오랜만에 바다로 들어가려는 둥근 해

돌아오는 길 곱게 단장시킨 단풍
배웅 나와 그리운 가슴을 달래준다.

대명리 포구에 맛있는 회집
기억하고 있는 아주머니 더욱 기쁘다.

가 본 곳을 다시 가 보는 것보다
처음 가는 것이 더 좋다고 할 수는 없구나.

(2012. 11. 9)

예수님은 내 마음 속에 계신 거야

귀 기울여 놓치지 말자

알고 있는 것이 적어 오래 생각해 내자니
거짓을 지어내게 된다.

다행스럽게도 순간 떠오르는 것은
나도 모르게 참되다.

때 묻은 마음으로 생각하고 있어
그런 건가 보다.

순간에 들려오는 말씀은
지으신 대로의 마음에서 나오기에 참인가 보다.

순간에 들려오는 귀한 말씀
귀 기울여 놓치지 말자.

(2012. 11. 14)

자랑하고 싶구나

올 들어 제일 춥다기에
털실로 뜬 속바지를 입었다.

하루 종일 걸어 다녀도
다리가 후들후들 떨리지 않았다.

사십대 중반에는
뒤뚱거려 입지 못했다.

아들 딸 잠든 사이 기다림 섞어
한 코, 한 코 뜨개질했겠지.

사이사이 편안한 앞날을
실에 섞어 그려 보면서

칠십 후반에 입으니
그 정성 올올이 되살아나 따뜻하구나.

어디 들어줄 사람 있으면
보여주며 자랑하고 싶구나.   (2012. 11. 14)

예수님은 내 마음 속에 계신 거야

어느 시인이 이사 올 집

광교 윗마을 아름다운 집 한 채
몇 해 전에 들어가 본 일이 있다.

2층 거실에 들어서니
광교산 절반이 들어와 가득하였다.

초승달이 지나는 초저녁
별이 빛나는 고요한 밤

부엉이 우는 가을 밤
흰 눈 내리는 겨울 새벽 길

채색 옷단장한 가을 얼굴
소나기 삼형제 지나는 여름 한낮

물소리 새소리 이어지는 이야기
더 부러울 것이 없을 텐데

몇 달 전부터 멀쩡한 집을 수리 중인
어느 시인이 이사 올 집.   (2012. 11. 17)

나는 지금 좋습니다

흐드러지게 피었던 꽃들 떠난
앙상한 겨울 길을 걷는다.

하늘과 산은 보석(寶石) 같이 빛나고
산골짜기 물 더욱 맑게 흐른다.

가시나무 덤불 속에 작은 새들
숨어 내다보며 인사를 한다.

지나는 구름은 기뻐서
손짓하며 흘러간다.

지팡이 짚고 걷는 한 걸음 한 걸음 가벼워
양 어깨에 날개가 솟았나 보다.

이처럼 품어주시는 임의 사랑
나는 지금 좋습니다.

(2012. 12. 1)

예수님은 내 마음 속에 계신 거야

눈 내리는 창밖을 내다보며

옛날이야기 무르익어 "할머니 그래서요?" 다가앉으면
눈 맞으며 돌아오신 아버지 가방 받아 들어와
앉으시기도 전에 절을 하였지.

매 사냥꾼들 뒤를 쫓아
또래들과 넘어지고 미끄러지면서
이리 뛰고 저리 뛰며 좋아도 했다.

등잔 심지 올리며 숙제를 하다가
마당에 쌓인 눈 위에 발자국을 내며
먼 날에 다가올 소박한 꿈을 그려보았지.

영각사에서 남덕유산 오르니
하늘과 땅 사이에 가득한 눈
무릎 위 덮는 눈길

성판악에서 한라산 정상에 이르니
흙 섞인 눈보라 속에서
백록담 게시판만 보고 내려왔지.

26

내다만 보아도 두 발이 후둘 후들
등허리가 썰렁한 몸으로
그래도 몸소 내다볼 수 있는 은혜.

(2012. 12. 7)

예수님은 내 마음 속에 계신 거야

한 몸 된 아름다운 하루

물을 건너 산을 넘어 골짜기를 지나
깊은 산속 그윽한 비탈에 황토 집 도란도란

주님은 방과 방에 아픈 자들 불쌍하여
치료의 손길로 한 사람 한 사람 어루만지신다.

양 권사님 방안에 좌우로 둘러앉아
"여기에 모인 우리, 주의 은총 받은 자여라"

기쁨과 찬양을 나누며 되풀이하는 권사님
"그저 감사해요"
"생각하지 못한 분들의 사랑도 넘쳐요"

감사 속 기쁨 넘치는 얼굴과 눈, 은혜 받은 속마음
활짝 피어나는 아름다운 꽃 한 송이

문병을 온 것인지, 고침을 받고 가는 것인지
기쁘고 즐거움에 한 몸 된 아름다운 하루.

(2012. 12. 12)

* "여기에 모인 우리"는 찬송가 620장임.
* 양 권사는 고광인 권사의 부인 양옥자.

보고 있으면 기분이 좋아져요

둘째 딸이 외손녀 연희와 같이 와서
외손자 지혁이 돌잔치에 가는데
연희가 '엄마 불편해' 하니
어미가 안전벨트를 늦추어 주었다.

'아니 연희가 어떻게 불편한 것을 아냐' 하였더니
'아빠 어린이 집 조금 큰 남자 아이를 오빠오빠' 하기에
'오빠가 좋으냐' 물었더니
'보고 있으면 기분이 좋아져요' 해요.

허리가 끊어지게 웃으면서 생각해 보니
네다섯 살 때 담장 아래에서 소꿉장난을 할 때면
아래 집 순희는 엄마, 나는 아빠가 되어 재미있게 놀면
누나가 '네 각시 삼으려느냐' 물음에 얼굴 붉혔다.

고운 단풍 잎 보면 집어다가 순희에게 주고
장난감 감추었다가 순희에게 주고
왼손 안에 밤 대추 순희에게 주고
동네 한 바퀴 아장아장 돌아도 보았다.

예수님은 내 마음 속에 계신 거야

아주 오랜만에
세 살짜리 외손녀 덕분에
외할아버지 가슴 설레어
생각만 해도 이렇게 좋구나

너는 맑은 연못가에 핀 연꽃
비친 대로 거짓없이 말하고
나는 수줍어 구름 속에 숨어
말하지 못하였구나

(2012. 12. 15)

*외손녀 임연희(林淵熙, 2010. 1. 4)
*외손자 윤지혁(尹志奕, 2011. 12. 18)

엿장수 마음대로

광교저수지변 쉼터에
엿장수가 엿을 팔고 있다.

엿을 샀더니 푸른색 엿을 덤으로 주어
얼마나 남는다고 이러냐며 사양하였다.

"엿장수 마음대로"라고 하면서
주머니에 넣어준다.

아차! 그렇구나
엿장수 마음대로구나.

목판에 엿을 크게 쪼개든, 작게 쪼개든,
엿가락을 굵게 뽑든, 가늘게 뽑든,

엿장수 마음대로지
그 푸짐한 덤이 엿장수 마음대로였지.

엿장수뿐이랴, 그 시절에는
다들 오가는 정 후덕하였지.

어쩌다 이리 되었는지
'힘 맡은 자' 제 마음대로구나.

젊은 여인의 무심코 나온 말
슬기로운 옛 어른의 말씀이로다.

(2012. 12. 22)

성만찬(聖晩餐)

성탄절 예배시간이면
주님 가르쳐주신 성만찬을 행한다.

주님께서 잡히시던 그 밤에
떡을 가지사 축복하시고 제자들에게 주시며
"받아서 먹으라 이것은 내 몸이라."

또 잔을 가지사 감사기도 하시고 주시며
"너희가 다 이것을 마시라
이것은 죄 사함을 얻게 하려고
많은 사람을 위하여 흘리는 바
나의 피 곧 언약의 피니라."

주님의 몸인 빵을 받아 먹었으니
여기 모인 우리 한 형제 되었네
주님의 흘리신 피인 포도주 마셨으니
죄 사하여 주신 보혈의 은혜로다.

주님은 유월절 어린 양 되어 우리를 구원하셨네
여기에 모인 우리 한 몸 되어 귀한 말씀 따르네

예수님은 내 마음 속에 계신 거야!

부활하신 주님 따라 죽은 영혼 다시 살아났네
주님의 새 언약 기억하여 이웃에게 전하세.

(2012. 12. 25)

*마태복음 26:26~29
*고린도 전서 11:17~26

할 말 다하는 웃음

크리스마스트리에 달린 금빛 방울
유모차에 아기가 만지작댄다.
"아가, 어느 별나라 왕자님이세요?"
방긋 웃으며 보는 얼굴 환하다.

올 들어 가장 춥다는데
아주대학교병원 한 곳
아기 웃음에 봄이 왔다
할머니 할아버지 얼마나 좋아하실까.

생후 8개월이라는데
할 말 다하는 웃음
더 없는 즐거움에 잠기지만
아가야 너와 나는 할 일 다하였구나.

너는 별나라 이야기를
나는 땅 위에서 살아온 이야기를
너는 웃음으로
나는 기쁨으로 주고 받았구나.

예수님은 내 마음 속에 계신 거야!

아파서 오는 사람
아픈 사람 따라 오는 사람
이들을 맞는 분주한 사람
그들 중에서도 너와 나는 웃음 속에 빠져 있구나.

어느 곳, 어느 때에나
무심코 지나쳐 버릴 뻔한
아름다운 꽃
하늘나라 따로 없구나.

(2012. 12. 26)

모든 고통을 피하지 말라
— 정목스님의 'KBS 아침마당 목요특강'을 듣고

모든 고통에는 다 이유가 있다
그 고통을 피하지 말고
믿던 곱던 받아들여라.

고통을 저항하면
그 고통은 더 커지고
끝내는 고통의 노예가 된다.

고통 속에 가르침을 배우라
고통은 혼자 다니지 아니 하고
반드시 행복과 동행한다.

마음 속에 들어온 고통을
이해하여 주면
엄청난 용기를 주어 행복하다.

고통을 괴롬으로만 생각하면
분노가 생겨 폭력, 우울증, 자살 등
분노의 그림자가 따라온다.

예수님은 내 마음 속에 계신 거야!

고통을 정화하려면
불끈 하는 마음은 남의 것이니
내 맘대로 쓰지 말아라.

이렇게 하라
참을 수 없는 지나간 날의 고통을 불러 앉히고
미안하다, 용서한다, 고맙다, 사랑한다.

(2012. 12. 27)

2부

바람이
그려놓은 그림

상쾌한 쓰레질

이른 새벽 창문을 여니 가랑눈이 내려
비를 들고 대문 앞을 오래간만에 쓸었다.

아침 일찍 일어나면 집 안과 밖을 쓸고
뒷동산 돌고 와 하루가 시작하였건만

뇌경색으로 거동이 불편해
오늘에야 쓰레질을 하니 상쾌(爽快)하다.

쓰윽쓰윽 비질소리,
양손을 지나 온몸에 퍼지는 느낌

몸과 마음과 영혼(靈魂)의 소생(蘇生)
희열(喜悅)과 감사(感謝)의 기도(祈禱)를 올린다.

눈 밟으며 만나는 반가운 이웃
미끄러운데 조심하라는 당부 정겹다.

상서로운 눈(瑞雪)
새해 새 아침 기쁘고 즐겁다.　　　(2013. 1. 1)

어린 아이

이른 아침
노란 차를 기다리는
어린 아이

내 손자 손녀
따로 없이
하나같이 예쁘다.

"잘 갔다 오세요" 하니
방끗 웃으며 엄마를 보고는
시키는 대로 배꼽인사를 한다.

오늘도
내 마음 속에
꽃 한 송이 방긋 피어난다.

(2013. 1. 7)

예수님은 내 마음 속에 계신 거야!

영흥도 십리포 해수욕장에서

대부도(大阜島)에서 선재도(仙才島) 지나 영흥도(靈興島)
영흥도 북쪽 끝에 십리포 해수욕장
몇몇 쌍이 걷고 있는 조용한 겨울 모래사장
파도는 얼음장을 건드리고 있다.

왕모래, 조개껍질, 고운 모래 사각사각 소리
파도 소리 자장가로 잠든 아우성 깨워 일으킨다.
아름다운 이야기 애잔한 이야기가
바닷물에 씻겨 청아(淸雅)하다.

둔덕에는 괴물같이 꾸불꾸불한 소사나무
천오백 여 년을 지켜온 군락지
여름에는 따가운 햇빛을 가려주는 그늘이 되고
겨울에는 거친 북풍 막아주는 방풍림(防風林)

"팔미도 등대에 불 켜졌다. 돌격!"
전세(戰勢)를 역전시킨 인천상륙작전
무의도(舞衣島) 호룡곡산(虎龍谷山),
영종도(永宗島) 을왕리 해수욕장
겨울 숲 속 길에 숨바꼭질하던 기억

42

아득한 옛날부터 가꾸어온 정성스런 손길
그 뜻 지켜온 성실한 젊은이의 아름다움
숲 속 거닐며 약속한 일 지키라 당부하고
삶 속에 굽어진 팔다리 아름답다 일러준다.

(2013. 1. 10)

예수님은 내 마음 속에 계신 거야

산골마을 길 걷다 보면 안다

산골마을 길 걷다 보면 안다
어느 새가 텃새이고 철새인 것을.
텃새는 다가오고 철새는 도망간다.

아침저녁 부부가 인사하며 다가오는 까치
한 집에 알 낳아 함께 살아온 참새, 제비
보리밭 위에서 춤추며 노래 불러주던 종달새

그러나 철새들을 보라
귀중한 것이면 무엇 하나 남기지 않고 훔쳐 먹고는
갑자기 사라져 버리는 이름 모를 철새

무슨 때가 되면 두 눈 부릅뜨고
텃새인 양 이 구석 저 구석 끼어드는
못된 철새 떼거리들.

몇 번의 봄이 지나도 돌아오지 않는 텃새
소망하는 자의 기도로 조용히 돌아와
금수강산(錦繡江山) 꽃피우리라.

(2013. 1. 19)

44

나의 소망의 동산

나의 작은 소망(素望)이 모여들어
여기 소망의 동산을 이루었다.

새벽을 여는 먼동
하루를 닫는 저녁노을 지켜도 보았다.

안개 속에 숨기도 하고
아픔 속에 울기도 했다.

솔포기 아래에
슬픔도 기쁨도 욕심도 감춰 놓았다.

한 발짝 내디디면
산새, 나무, 풀 모두가 반겨준다.

돌아올 것만 같은 그리움
바로 이 숲길로 올 것만 같다.

더도 덜도 말고 나의 소망(所望)은
이 동산 오르내리다 부르심 받음뿐.   (2013. 1. 23)

예수님은 내 마음 속에 계신 거야

오늘 이만큼

세미(細微)한 음성(音聲)
오늘 이만큼 듣고 있음 고마워

이루어지고 있는 뜻
오늘 이만큼 볼 수 있음 고마워

온 몸 젖는 은혜(恩惠)
오늘 이만큼 느낄 수 있음 고마워

그리움 꿈꾸고 있는 마음
오늘 이만큼 꿈꿀 수 있음 고마워

설레임에 붉어지는 얼굴
오늘 이만큼 설레임 고마워

(2013. 1. 24)

46

자랑할 일 아니다

집안에 재떨이가 없는 것
자랑할 일 아니다.

우리 집 냉장고 위에
큰 유리 재떨이가 있다.

아내가 버리지 않고 남겨놓은 것
볼 때마다 자랑스럽다.

논산훈련소에서 시작한 흡연(吸煙)
마흔두 살에 성취한 금연의 결단

그 결단을 이루어냄
볼 때마다 자랑스럽다.

(2013. 1. 24)

꿈속에 들려오는 소리에

꿈속에 들려오는 소리에 소스라쳐 눈을 떴다.
"실정(失政)만 끄집어내 떠드는 원망(怨望)에
선덕여왕릉(善德女王陵) 묘석(墓石)에 금이 난다."*

그때에도 원망하는 소리에 참고 있을 수 없어
묘에 있는 돌들이 갈라져 금이 났고
소나무들은 뒤틀렸나 보다.

선거 때만 되면 역대 대통령의 흠집을 들춰내고
청문회가 열리면 묻는 자는 의기양양하게 설치고
보고 듣는 사람은 덩달아 분노를 토한다.

악독(惡毒)한 술에 함께 취하여
내 잘못 몽땅 잊고
의분(義憤)하며 떠든다.

"너희 중에 죄 없는 자가 먼저 돌로 치라."*
어른으로 시작하여
젊은이까지 하나씩 하나씩 나가야 할 텐데.

(2013. 1. 29)

48

*선덕여왕(善德女王)은 신라 27대 최초의 여왕이며, 백제 의자왕에게 서변(西邊) 40여 성
(城)을 빼앗기는 등 실정도 있었으나, 민생을 향상시키고 구휼사업에 힘썼고 자장법사를
당나라에 보내 불법을 들여오고, 황룡사 구층탑, 첨성대를 설립하고, 김춘추, 김유신 같
은 인물을 찾아내어 삼국통일의 기반을 세우는 등 선정을 베풀었다. 왕릉은 낭산(狼山)
에 있음.
*요한복음 8장 7절 말씀.

예수님은 내 마음 속에 계신 거야

다함없는 큰 은혜

오랜만에 결단을 내려
십칠 년 버티어 온 사업
휴업신고(休業申告)를 했다.

서해 바닷가 작은 마을 농가(農家)에서 태어나
법원일반직으로 일할 수 있었고
퇴직 후 법무사로 쉬지 않을 수 있는 은혜

"어와 성은(聖恩)이야 가디록 망극(罔極)하다"*
송강(松江)은 관동관찰사 제수 받고 노래했지
아! 임금님의 은혜 갈수록 끝이 없다고.

빼앗긴 땅에 태어나 되찾은 나라에서 자라고 배워
열심히 일하도록 베풀어주신
하나님, 부모님, 우리나라의 은혜(國恩)

순적(順適)히 만난
부모형제, 처자식, 이웃사람,
윗사람, 아랫사람, 동료(同僚),

50

생각이 닿는 곳마다
손발이 스친 일마다
다함없는 큰 은혜.

(2013. 1. 31)

*송강(松江) 정철(鄭澈)이 선조 13년(1580) 그의 나이 43세에 관동관찰사 제수(除授)를 받
고 지은 관동별곡(關東別曲) 중의 한 구절임.
*〈참고〉 1996. 1. 26 법무사 개업~2013. 1. 31 휴업신고

예수님은 내 마음 속에 계신 거야|

시인 아버님

"시아버님"
처음 들어보는 말이다
아니 시아버님이라니

며느리가 있어야 들어보는 말인데
편지의 제목을 몇 번을 읽어도
"시아버님"이 틀림없다.

서른이 넘어 결혼하여
마흔이 넘어 낳은 아들이
서른이 넘었는데 미혼이니

광교 쉼터 부근에서
엿을 파는 의연(依然)한 젊은 여인
내 시집(詩集)을 읽고 보낸 전자편지였다.

다시 읽어보니
"시아버님"이 아니고,
"시인 아버님"이었다.

52

"건강하시죠. 시인(詩人) 아버님
아버님 말씀처럼 살려고 합니다.
언제나 반갑고 감사합니다."

그래요 그리하고도 남을 거요
한 가지를 보면 다 알 수 있으니
현숙(賢淑)한 부인. 훌륭한 어머니 분명하지.

(2013. 2. 2)

형설의 공

단잠 깨어 보니 밖이 환하여
창문을 여니 온통 흰 눈뿐이다.

자정(子正)이 지난
고요한 밤

눈빛(雪光)만이 깨어
정겨운 이야기 주고받는다.

형설의 공(螢雪之功)*
반디의 빛(螢光), 눈빛(雪光)에 꾸준히 학문을 닦은 공

한문(漢文) 선생님의 근엄(謹嚴)하신 말씀
하얀 눈빛으로 되새겨준다.

어려움 속에 쉬지 않고 학문(學問)을 연마(研磨)하여
효도(孝道)하고 충성(忠誠)하고 우애(友愛)롭게 살고 싶다.

(2013. 2. 4)

*형설지공(螢雪之功): 손강(孫康)은 집이 가난하여 기름 살 돈이 없었으나, 눈빛(雪光)으
로 글을 읽었고, 진(晉)나라의 차윤(車胤)도 가난하여 여름이면 비단 주머니에 수십 마리
의 개똥벌레를 잡아 그 빛으로 밤을 새워 글을 읽어, 두 분 모두 높은 벼슬을 하여 눈빛과
반딧불의 힘을 빌어 공부하여 얻은 공이란 뜻으로, 역경을 딛고 일어나서 꾸준히 학문을
연마한 성과(成果)를 말하고 있음.

54

내 머무는 자리에도

팔달산 숲길을 걷자니
간밤에 내린 눈이
온 산을 다 덮었다.

눈이 내려앉은 자리에는
나무이거나, 바위이거나
눈꽃이 피어 있다.

내 머무는 자리에도
산이거나, 집이거나
웃음이 피어 있기를.

(2013. 2. 6)

55

바람이 그려놓은 그림

광교저수지 얼음판 위 하얀 눈 위에는
바람이 그려놓은 그림 한 장이 있다.

한 눈에 다 보이지 않아
빙판 옆길 걸으며 슬금슬금 보아도 이어진다.

얼음판 아래 물고기들의 꿈을 그렸는가
하늘에 반짝이는 아기별의 이야길 그렸는가

아니면,
새벽을 지키는 어느 분의 기도를 그렸는가

인생도처지하사 응사비홍답설니
(人生到處 知何似 應似飛鴻 踏雪泥)*
떠도는 삶은 기러기가 눈밭에 남긴 발자국 같다 했지

그려진 그림 사이사이에
어렸을 때 뛰놀던 모습을 그릴까

마냥 걷고 싶은 마음을

꿈속에서 한 자씩 그려 넣어야지.

(2013. 2. 8)

*소식(蘇軾, 1036~1101) : 북송(北宋) 제일의 시문가(詩文家). 호는 동파(東坡).
"인생의 방황은 무엇과 비슷하다 할 것인가. 날아가는 기러기가 눈밭에 발자국 남기는
것 같구나."

57

예수님은 내 마음 속에 계신 거야!

팔 벌려 반겨주신다

살아생전 받지 못한 복
봉분마다 하얀 눈을 흡족하게 받았다.

북향(北向)을 하고 있으나
따뜻한 햇빛에 포근하다.

분명 영혼(靈魂)이 계시기에
흐뭇해 하시며 팔 벌려 반겨주신다.

장인 장모님 영전에
고개 숙여 기도한다.

세월은 흘러 백발인데
마음은 이삼십대로다.

생전에 못 다함 부끄러워
눈물이 글썽거린다.

산 너머 물 건너 고향산천
둘러보셨으니 이제는 편히 쉬소서.

하나님의 나라에서
평화를 누리소서.

(2013. 2. 9)

*문봉에 있는 국제공원에 '김해김씨 가족묘(金海金氏 家族墓)'가 있는데 장인 김응천(金
應天), 장모 김순인(金順仁) 님을 모셨음.
고향은 황해도(黃海道) 연백(延白)인데, 일제시대에 전매서(專賣署)에 근무하시다가 해
방 후 6.25 이전에 보은전매서(報恩專賣署)로 전근되어 주로 청주(淸州)에서 사셨음.

예수님은 내 마음 속에 계신 거야

나도 올리고 싶은 기도

"오늘 나에게 순조롭게 만나게 하사
내 주인 아브라함에게
은혜를 베푸시옵소서"

상속자로 지명 받기까지 신실한 종
엘리에셀이
주인의 아들 이삭의 아내를 간택하러 가면서 올린 기도이다

오늘 나에게도 순조롭게 만나게 하사
주님 맡겨 주신 일 감당할 수 있게
오늘 나도 올리고 싶은 기도이다.

(2013. 2. 10)

*창세기 24장 12절 말씀을 상고하며

60

3부

떠오르는
그리운 얼굴

고약한 녀석들

그에나
핵실험(核實驗)을 하는구나
고약한 녀석들아

홍익인간(弘益人間)
사람에게 크게 이익이 되는 일을 하라
단군왕검(檀君王儉)의 당부를 저버렸구나

지피지기(知彼知己)면 백전불태(百戰不殆)
남을 알고 나를 알면 싸울 때마다 서로 위태롭지 않다
손자(孫子)의 병법(兵法)을 듣지도 못하였느냐

너희 녀석들은
너희도 모르고 남도 모르니
모두가 위태롭기만 하구나

그러나
어리석은 녀석들아
너희가 알지 못하는 어르신이 계시다.

(2013. 2. 12)

62

나만의 세계

두물머리(兩水里)에서 겨울 물안개를 찍고 있는 사진작가
겨울 물안개를 본 소감을
"나만의 세계(世界)이지요" 한다.

하늘 아래의 물과 하늘 위의 물이 있듯이*
이 넓은 세상에는
나만의 세계가 따로 있지.

시를 짓고는 혼자 좋아 웃고
처음과 끝이 한 가락이라는 내 노래 부르며 흥겨움
나만의 세계이지.

산중에 좋은 친구 숲 속의 새
세상에 맑은 소리 돌 위를 흐르는 물소리
(山中好友 林間鳥 世外淸音 石上泉)

내린 눈 아직 남아 있는데
버들강아지 흰옷 입고 반기니
이 또한 나만의 세계로다.

(2013. 2. 16)

*창세기 1장 6절 7절 말씀 중

항아(姮娥)의 답장

이리 갈까 저리 갈까 망설이는 것은 젊기 때문이다
나이 들으니 오르는 길 내려오는 길
앉을 자리까지도 차례차례 그냥 다가온다.

"청산리(靑山裏) 벽계수(碧溪水)야 수이 감을 자랑 마라"*
바다에 다다르면 되돌아올 수 없으니
이 산속에서 쉬엄쉬엄 걸어가란다.

되돌아봄도 있고, 바라봄도 있고
그리워해봄도 있으니
기다려봄도 있구나.

들어주는 이 없어도 이야기 샘물 솟고
하얀 너울 곱게 두른 꽃망울
항아(姮娥)*의 답장이 오는구나.

산새들 놀랄까 조심스럽게 지팡이 가볍게 짚으며
열리는 길로 올랐다가 내려오니
해는 서산 위에서 웃고 있다.

(2013. 2. 18)

*황진이(黃眞伊)의 시조(時調) 초장.
*항아(姮娥)는 달에 살고 있다는 선녀(仙女).

산속 정겨움

파란 하늘 지나는 흰구름
겨울나무 가지 사이로 반겨준다.

숲 속 산새들 입 다물고 부러워하며
냇물소리는 축가(祝歌)로 이어진다.

진달래 수줍어 나오질 못하는데
봄이 서둘러 달려온다.

아직 남은 눈은 미끄럽고
녹은 길 진흙은 신발을 잡는다.

심술스러운 작별(作別)도
때로는 정겹구다.

산속 정겨움 이루어지니
오늘도 더 바랄 것 없구나.

(2013. 2. 21)

예수님은 내 마음 속에 계신 거야.

떠오르는 그리운 얼굴

겨울나무 앙상한 가지
그 가지 사이로 새파란 하늘

그 하늘 호수를 지나는
새하얀 구름

나름대로의 모습으로 지나건만
한결같이 환한 웃음

술술 떠오르는
그리운 얼굴

궁금증 일러주시던
자상하신 할머님

고개 위에서
손 흔드시는 어머님

두 팔 벌리시며 반겨주시던
젊으신 장모님

감은 눈 뜨고 다시 보니
방긋이 웃는 외손녀 외손자

(2013. 2. 21)

예수님은 내 마음 속에 계신 거야

물에 빠진 사람 건져놓으면

물에 빠진 사람 건져놓으면 보따리 내놓으란다
어릴 적에 어르신들 당부하시던 말씀이다

고맙다고는 아니 할망정 그러기야 할라고요
속으로 생각하던 우리였다

어느 택시 기사가 손님이 두고 내린 지갑을 찾아 주었더니
돈이 들어있었는데 하더란다

어느 젊은이는 넘어진 어르신 일으켜 드렸더니
왜 밀었느냐 하더란다

지팡이 짚고 성벽 계단을 떨며 내려오는데
사람들은 다들 피해서 지나가는데

뒤에서 누군가 겨드랑이 양쪽을 잡아주어
다 내려와 고마워 돌아보니 외국 청년이었다

노인들은 젊은이 탓하고
젊은이들은 노인 탓한다   (2013. 2. 27)

어느 할머니의 기도

휴전(休戰)이 된 얼마 후
새벽기도에 참석한 할머니가
해가 떠오를 때까지 기도를 하시곤 하였다.

어느 날 목사님이 곁에 가서 들어보니
"그저 감사합니다." "그저 감사합니다."
뿐이었다.

연유를 묻는 목사에게
"가족을 이북에 두고 온 피난민이 많은데,
이남에 태어나 그런 걱정 없으니 그저 감사할 뿐이지요."

얼마가 지난 후 다시 들어보니
"하나님은 하늘에 계시고, 나는 땅에 있습니다."
뿐이었다.

연유를 묻는 목사에게
"하나님은 높고 높은 하늘에 계시어
낮고 낮은 땅에 있는 나를 잘 보살펴 주시니까요."

(2013. 3. 3)

*조용기 목사님의 방송설교를 듣고

예수님은 내 마음 속에 계신 거야!

철 지난 바닷가 거닐며

따뜻한 봄날 태안을 지나 안면반도
소나무 숲길, 바닷가
해수욕장을 걸어도 보았다.

제철 지난 해수욕장이라도
가득한 잔솔나무는 바다를 바라보며
넓은 모래 위에 꿈을 그리고 서 있다.

언제 보아도 정겨운 갈매기
사진으로 남지 아니 하려고
이리저리 날라 짓궂게 놀고 있다.

아내와 몇 분은 어린 소녀처럼 노래를 부르는데
조금이라도 더 보려고 망아지처럼 뛰고 싶어
고운 모래알 한줌 손가락 사이로 내려 본다.

사구(沙丘) 위로 놓인 나무마루길 걸으며
오고 있는 봄, 지나간 젊음 밟으면서
넓은 바다를 바라본다.

(2013. 3. 5)

*몽산포, 기지포, 두여, 꽃지 해수욕장 등을 둘러보았다.

잊었던 외손녀

며칠 전부터
눈물 흘리며 기다려 왔다.

보는 순간, 듣는 순간부터
씩씩하고 장한 모습에 진정이 된다.

죄 많은 외할아버지가
부끄러워진다.

고등학교 검정고시, 대학교 검정고시 합격
그리고도 대학입학 성적이 일등이라 장학생.

아무리 살펴보아도
그 투철한 의지와 노력이 보이질 않는다.

숙지산 데리고 가면
흙 길 비켜놓고 맨발로 바위 가파른 길로 올라갔고

영복중학교 운동장에서는
신발 벗어 놓고 달리기를 하던 모습이 떠오른다.

'패션 디자인과'
꿈이 이뤄지고 있는 것이 보인다.

이 할아버지 할머니
하나님께 기도드리고 있겠다.

(2013. 3. 10)

*외손녀는 유정연(庾貞延, 1996. 1. 18생)

양지바른 냇가 버들가지

양지바른 냇가 버들가지
하얀 솜에 싸여 기다려 달라더니
벌들 윙윙 소리에
잠 깨어 웃기에
반가워 말 못하고 서있다.

눈 속에 묻혀
얼음 속에 숨어
마른 껍질에 싸여
보이지도 않던 것이
꿈 깨어 방긋이 웃는다.

태풍이 무섭게 지나가고
혹한이 차갑게 스쳐가고
폭우가 심하게 흘러가고
열대야 길게 지나갔어도
솔솔 부는 봄바람에 잠을 깨는구나.

고요한 밤이면 별님들 반짝이며
따뜻한 낮이면 벌떼들 모여들고

예수님은 내 마음 속에 계신 거야

노인은 바쁘지 아니한 걸음 멈추고
새들은 알 수 없다며 지나가고
젊은이들은 아예 모르고 흘러간다.

좋은 일도 혼자 좋고
싫은 것도 혼자 싫고
보는 사람도 혼자요
듣는 사람도 혼자니
혼자만의 세상이로다.

(2013. 3. 18)

나의 여리고 성

깊은 강가 바위절벽 위에 철옹성(鐵甕城)
나의 아집(我執)으로 평생 쌓아놓은
나에게도 여리고 성(城) 있다.

뭇 사람들의 남긴 말
배우고 생각해낸 마음으로 쌓아
다지고, 자랑하고, 즐기고 있다.

해 아래 뉘 있어
이 성에 오를 것이며
더더구나 정복(征服)하랴.

바람결에 들려오는 말씀
"성 주위를 돌라!
나팔을 불라! 외쳐라!"

내 마음 속에 자리한
난공불락(難攻不落)의 여리고 성
결코 무너지고야 말리라.

말씀 순종(順從)하며
은혜(恩惠)를 찬양(讚揚)하며
외쳐 기도(祈禱)하리라.

(2013. 3. 26)

*여호수아 6:1~21 말씀을 상고하며.

일하는 아버지와 아들

일기예보에 망설이지 않고
따스한 햇살에 집을 나서니
오랜만에 흙 향기에 걸음 멈추었다.

상광교 길가에 갈아놓은 텃밭
구십대 아버지는 땅을 고르고
육십대 아들은 이랑을 짓고 있다.

아버지의 뜻을 알아채고
순종하는 아들
어린 아이를 바라보듯
기뻐하는 아버지

아버지의 뜻이 이루어지면
심어지는 씨앗이
이른 비와 늦은 비로 결실하리라.

임의 뜻이 하늘에서 이루어진 것같이
아버지와 아들의 뜻이
이 밭에 이루어져 아름다우리라.

(2013. 3. 26)

*아버지는 수원시 장안구 상광교동에
사시는 정은채(鄭殷采) 영감님

예수님은 내 마음 속에 계신 거야!

지혜로운 개구리

양지바른 길가 고여 있는 물에
꼬리로 헤엄치는 올챙이
헤아릴 수 없이 많다.

올챙이 엄마 아빠는
이 많은 자식들을
어디서 지키고 있을까.

가랑잎 속일까
바위 아래일까
나무 뒤일까

지팡이로 여기저기 뒤져 보고
둘러도 보았으나
보이지 않고 소리도 없다.

아차! 미련한 내 생각이로다
너희는 나보다 지혜롭구나
지켜주실 만한 분께 맡겨놓았으니.

78

자식을 낳아 기르고 가르치고
늙어가면서도 자나 깨나 걱정
어리석은 생각만 하고 있구나.

전능하신 임을 믿는다면서
자식마저 맡기지 않으려는
어리석은 내가 부끄럽구나.

(2013. 3. 28)

부활절 달걀의 유래

십자군 전쟁이 일어나 남편이 전쟁에 나가자
그의 부인 로자린드는 나쁜 사람에게 집을 빼앗겨
깊은 산골 마을에 들어가 살게 되었어요.

친절하게 대해 주는 이웃에게 보답하는 뜻으로
부활절이면 이웃 아이들에게
예쁘게 색칠한 달걀을 하나씩 나누어 주었어요.

그 달걀에는
'하나님의 사랑을 믿자'
부인이 가훈을 직접 썼어요.

한 소년이
그 달걀을
자신보다 더 불쌍한 병든 군인에게 주었어요.

그것을 받은 군인은
그 달걀에 적힌 글을 보고 깜짝 놀랐어요.
자기 집안의 가훈이었어요.

부인은 해마다 부활절이면
남편을 찾아준 색 달걀을
이웃들에게 나누어 주었어요.

(2013. 3. 30)

예수님은 내 마음 속에 계신 거야!

살아났어요

한 부인이 십자가 그림을 감상하고 있는데
어린이가 다가와 자세히 보고 있기에
"애야, 이 그림의 뜻을 알고 있니" 물으니,

"예, 알고 있어요. 한 가운데는 예수,
양편에는 강도, 앞에는 로마병정인 걸요" 한다.
"참 고맙다. 잘 알고 있구나."

얼마쯤 걸어오고 있는데 뒤에서
"아줌마, 아줌마" 부르는 소리에 돌아보니
그 어린이가 헐레벌떡 따라오고 있다.

"아줌마, 깜박 잊고 할 말을 못했어요.
가운데 있는 분은 더 이상 십자가에 안 계셔요.
살아났거든요.
이 말을 전해주려고 뛰어왔어요." 한다.

살아났어요!
다시 살아나셨어요!
부활하셨어요!

| 송홍만 제17시집

진리는 거짓보다 강하고
생명은 죽음보다 강하고
사랑은 미움보다 강하고
선은 악보다 강하다.

살아났어요.
주님의 부활은
영원무궁한 교훈이어라.

(2013. 3. 31)

*수원제일감리교회 이정찬 담임 목사님의 "네 가지 증거"(누가복음 24장 1~12절 말씀)
 설교를 듣고.

예수님은 내 마음 속에 계신 거야

4부

예수님은
내 마음 속에 계신 거야

부자는 죄인이 아니다

"낙타가 바늘귀로 들어가는 것이
부자가 하나님의 나라에 들어가는 것보다 쉬우니라."[1]

주님, 부유함이 죄인이란 말씀인가요
가진 자를 죄인으로 몰고 있는 것도 알 수 없는데

"부귀가 내게 있고 장구한 재물과 공의도 그러하니라."[2]
"여호와께서 주시는 복은 사람을 부하게 하시고"[3]
"근면한 남자는 재물을 얻느니라."[4]
"부하려 하는 자들은
욕심으로 파멸에 빠지게 하는 것이라."[5]

아! 주님은 부유함 자체를 나쁘다 아니 하시고
부유하려 함이 갖는 위험을
경고하신 것이로군요.

부자는 책임도 더 많이 져야 하고
유혹도 더 많이 받아 죄를 짓기 쉽기에
하나님의 나라에 들어가기가
더 힘들다는 말씀이로구나!

(2013. 4. 6)

1) 마태복음 19:24, 마가복음 10:25
2) 잠언 8:18
3) 잠언 10:22
4) 잠언 11:16
5) 디모데 전서 6:10

오는 봄을 맞으려

기다리다 못해 나섰다
산 넘어 오는 봄을 맞으려

이어지는 산봉우리 웃으며 반겨주고
이름마저 고운 강은 어깨동무로 다가온다.[1]

활짝 웃는 꽃들의 마을 지나면
꽃은 지고 아기 손 잎사귀 어여쁜 마을

아! 남해바다.
비취(翡翠) 노리개 두고 올라간 선녀의 놀이마당

붉은 지붕 하얀 벽 아름다운 '독일(獨逸)마을'[2]
젊은 시절 간호사 광부로 애국(愛國)한 어른들.

섬진강(蟾津江) 지나는 길 양편
도열(堵列)한 벚나무들의 환송(歡送)

남원이라 광한루
이도령과 춘향이는 가슴 속에 살아 숨쉰다.

예수님은 내 마음 속에 계신 거야!

결혼기념[3] 축하 속에 서산마루 위 둥근 해는 당부를 한다.
넉넉히 이기리라[4]
산 소망을 가져라.[5]

삼월 삼질 선물로 받은 초사흘 달 방긋 웃으며
항상 기뻐하라[6] 일러준다.

(2013. 4. 12)

1) 반겨주는 산과 강 : 성거산, 덕유산, 지리산, 금산, 천호산과 금강, 남강, 섬진강.
2) 독일마을 : 남해군 상동면 물건리에 젊은 시절 독일에서 간호사, 광부로 일하신 분들이
   고국에 돌아와 살 수 있도록 1999년 조성한 마을.
3) 결혼일 : 1967. 4. 12(음력 3월 3일)
4) 넉넉히 이기리라 : 로마서 8장 37절
5) 산 소망을 가져라 : 베드로 전서 1장 3절
6) 항상 기뻐하라 : 데살로니가전서 5장16절

좋다와 나쁘다

좋다
조화로워 마음에 든다
사랑해 주시는 임과 어울려 살아감
이보다 더 좋은 것 해 아래 있을까

나쁘다
세상에 나뿐이라며 제 맘대로 살아감
눈이 나빠 어두운 몸에 빛마저 없는 삶
이보다 더 나쁜 것 해 아래 또 있을까

보시기에 심히 좋으셨던 대로 살아감
하늘에서 이루어진 뜻이 땅에서도 이루어짐
믿음 소망 사랑의 조화(調和)
좋다, 좋구나 좋다!

(2013. 4. 15)

*좋다, 나쁘다의 사전적 풀이
 좋다 : 마음에 들 만큼 다른 것보다 낫거나 뛰어나다. 흐뭇하여 기뻐할 만하다.
 나쁘다 : 하는 짓이나 마음이 착하지 아니 하다.
*마태복음 6장 23절 말씀
*창세기 1장 4절, 10절, 12절, 18절, 21절, 25절, 31절 말씀
*요한복음 3장 16절 말씀

예수님은 내 마음 속에 계신 거야!

시험준비

입학시험 졸업시험 임용시험 승진시험
각종 자격시험 살아오면서 치렀다.

때가 되었으니 서둘러야겠지
하늘나라에 들어가는 시험준비(試驗準備)

"힘써 여호와를 알라"*
하나님, 예수님, 성령님,

하나님의 나라와 하나님의 의(義)
믿음, 소망(所望), 사랑,

사(賜)함 받지 못할 죄,
회개(悔改), 구원(救援),

하다 보면 안타까워
성령님 인도해 주시겠지.

(2013. 4. 22)

90

*호세아 6장 3절 말씀(Oh, that we might know the Lord!)

포도원에 심겨진 무화과나무

한 사람이
포도원에 무화과나무를 심고
삼 년을 와서 열매를 찾아보아도 없어

포도원지기에게
어찌 땅만 버리겠느냐
찍어버리라 하니

두소서, 두루 파고 거름을 주리니
이후에 열매가 열리면 좋거니와
그렇지 아니 하면 찍어버리소서

주인의 뜻을 따라 심겨진 포도나무는
순종의 열매 주렁주렁
향기 그윽하다.

제 마음 따라 세상 살다가
포도원에 옮겨진 무화과나무는 열매 없이
자리한 땅만 버리고 있다.

예수님은 내 마음 속에 계신 거야

주인은 찍어버리라 하시나
포도원지기는 기다려달라 간청하니
얼마 남지 아니 하여 우리는 급하다.

찬양의 열매, 말씀의 열매, 전도의 열매,
봉사의 열매, 말씀 상고(詳考)의 열매
열매 맺기에 서둘러야겠다.

(2013. 5. 9)

*누가복음 13:6~9 말씀을 상고하며

연두색 나뭇잎과 모래알

차창 밖으로 보이는 산과 들에 연두색 나뭇잎
예수님은 보시며 무슨 말씀을 하실까
"너희는 세상에 연두색이니 늘 살아있을 것이요
그 색깔을 잃으면
가랑잎이 되어 굴러다니다가 사라지리라."

정동진 바닷가 모래알 한 줌 손가락 사이로 내리니
소꿉장난 간지럼이 아직 살아있다.
티 없이 한결 같은 모래알
쉬지 않는 파도, 새들의 노래, 물고기의 율동,
어느 어머니의 기도로
잘라내고 갈고 닦아 다듬고 문질러 윤을 내었으리라.

예수님은 바닷가 모래알을 보시며 무슨 말씀하실까
"너희에게 주는 진리의 말을 읽어 쉬지 말고 익히어
믿고 전하며 행하면 믿음의 자녀로 모래알과 같으리라."

아버지께서도
아브라함에게 네 씨가 번성하여
바닷가 모래와 같게 하신다 하셨지

하나님의 말씀으로
절차탁마(切磋琢磨)하여
아름답고 복된 삶을 소원합니다.

(2013. 5. 9)

*수원제일감리교회 여선교회에서 베푸는 효도잔치에 초대받아 주문진, 정동진을 다녀오
며
*창세기 22장 17절 말씀
*절차탁마 : 옥이나 돌을 갈고 닦는 것처럼 학문이나 도덕을 노력하여 닦음을 의미한다.
"기수(淇水)의 물줄기 바라보니 푸르른 대나무 우거졌도다.
아름다운 우리 님은 구슬을 깎아서 다듬은 듯
쪼고 간 듯이 위엄 있고 너그럽구나
빛나고 의젓하며 아름다운 우리 님은 끝내 잊지 못하겠네"
(위(衛)나라 주공(周公)을 찬미한 시로, 시경 위풍편 기욱(詩經 衛風篇 淇奧)이라는 시

깨어진 내 마음 밭

이른 새벽 전파를 타고 들려오는
여호와께서 모세에게 하신 말씀

돌판 둘을 처음 것과 같이 다듬어
시내 산꼭대기에서 내게 보이라

아무도 함께 오르지 말며
온 산에 나타나지도 못하게 하라

내가 깨뜨린 처음 판에 있던 말을
내가 그 판에 쓰리라

오늘 새벽 들려온다
깨어진 내 마음 밭 처음과 같이 다듬어

세상 근심걱정 다 내려놓고
이른 새벽 말씀 앞에 혼자 다가오라고

(2013. 5. 23)

*출애굽기 34:1~7 말씀과 누가복음 8:15 말씀 상고(詳考)하며

예수님은 내 마음 속에 계신 거야!

향나무

동네 꽃가게 앞에서 걸음이 멈추어진다.
향나무(香木)를 심은 화분이 있어서다.

며칠을 그냥 지나다가 용기를 내어
무슨 나무냐고 하니
주인은 진백나무라 하기에
향나무가 아니냐고 하니 고개를 갸웃거린다.

며칠이 다시 지난 후에 사가지고 와서
좋은 화분에 옮겨 심었다.

내가 태어나기 전부터
우리 집 대문 앞에 향나무 한 그루
동막댁하면 향나무 집이요, 향나무 집하면 동막할머니
우리 할머니셨다.

태어나 아장아장 걷고 울고 웃고 졸라대던
내 모든 모습을 다 지켜보았을 향나무

먼 타향에서 어둔 밤 돌아오면

어머니는 창문 여시고 호롱불 저으시고
누렁이는 돌문이 말랭이까지 달려오고
너는 허리 굽혀 대문을 열어주었지.

너는 작으나 내 모든 것 품고 있어
주고받는 이야기 이어진다.

(2013. 5. 24)

예수님은 내 마음 속에 계신 거야!

마늘을 까면서

진부 오일장에서 사온 마늘을 까려니
어릴 적 기억이 떠올라 엄두가 나질 않았다.

비 내리는 밤 비닐봉지에 담고 껍질 담을 봉지와
깐 마늘 담을 그릇을 응접탁자 위에 놓았다.

어릴 적 초가을 밤 아버지 어머니 둘러앉으셔
마늘을 까면 끼어들어 다 깐 뒤에 숙제를 하였다.

겉껍질과 속껍질을 순서대로 뜯어내니
하얀 휘장 안에 보석 같은 마늘쪽이 수없이 끼어 있다.

보배로다 보배로다
주신 분의 선물이로다.

한 통에 여섯 쪽이 들어있는 '육 쪽 마늘'
어릴 적 기억으론 열 쪽 넘는 것이 없는데

주먹만한 마늘통 안에 이십 쪽이 넘고
어린 아이 앞니같이 자라는 것도 있다.

| 송홍만 제17시집

늦은 밤 비 내리는 소리 속에
속옷을 벗기니 우윳빛 알몸에 윤이 난다.

눈이 감기어 잠들었다가 바로 깨어
새벽을 시작하여도 즐겁고 기쁘다.

집사람은 장갑을 끼어도 매워 쩔쩔매나
논밭 흙과 호미 낫자루에 다져진 손 아직도 멀쩡하다.

서너 낮과 밤 내리던 비가 그치니 너덧 접 마늘을 다 깠고
왼손 검지에 잣만한 물집이 잡혔으나 보람스럽다.

(2013. 5. 30)

예수님은 내 마음 속에 계신 거야

늙은이는 목욕하며 꿈을 꾼다

옷을 벗어 옷장에 넣고 샤워(shower) 아래
소나기로 스쳐내고
알맞은 탕에 들어가 때를 불린다.

탕에서 나와 의자에 앉아 때를 민다.
이곳 저곳 구석구석 일일이
손으로 찾아 밀어야 물에 닦인다.

세례 받을 때 지은 죄 하나하나
부끄러워 고하지 아니 하여
사함 받지 못하였구나.

좀 떨어진 자리에 누워있는 사람은
젊은이가 땀 흘리며 잘도 닦는데
누워있는 사람은 눈을 감고 있다.

성령님 능력이 있으시어
고하지 아니 하는 죄까지
다 닦아주시겠지.

새 생명으로 새롭게 살면서
의(義)의 소망을 품고 살아가는 꿈,
늙은이는 목욕하며 꿈을 꾼다.

(2013. 6. 7)

예수님은 내 마음 속에 계신 거야!

물세례와 성령세례

목욕탕에서 때를 불려 손으로
구석구석 일일이 밀어야 물에 닦인다.

그냥 물을 뿌리고 또 뿌려도
때가 닦이지 아니 한다.

물로 세례를 받는 것도
지은 죄를 일일이 말해야 씻기고

부끄러워 또는 상처 딱지가 아직 있어 숨기면
죄는 그대로 있을 것이다.

그러나 급하고 강한 바람 같고
불의 혀처럼 갈라지는 성령을 받으면

여러 나라 사람이
그들의 언어로 듣고
새 생명 가운데서 말씀을 행하리라.

누구의 죄든지 사하여 주고

늙은이는 꿈을 꾸리라.

주님 가르쳐 주심을 알게 하고
생각나게 하리라.

의(義)의 소망을 품고
하나님의 나라에 들어가리라.

(2013. 6. 7)

*로마서 6:3~4, 사도행전 2:16~21, 요한복음 3:5, 갈라디아서 5:5, 상고하며

예수님은 내 마음 속에 계신 거야

완두콩을 까면서

아주 오랜만에 완두(豌豆)콩을 까면서
어린 시절 부모님 곁에 끼어들어
이런 저런 이야기 속에 초저녁이 열렸다.

양손 엄지손톱만 대면
꼬투리 안에 연두색 완두콩이
우르르 잠 깨어 튀어나온다.

흰색 또는 자줏빛 나비모양의 꽃이 지고 나면
줄기 끝에 꼬투리가 달리고
그 안에 예닐곱 둥근 연두색 열매가 여문다.

그 열매를 완두콩이라 부르고
밥에 넣어 먹으면 추억(追憶)이 씹히고
껍질은 우리 소가 잘 먹었다.

'논개(論介)' 라는 시를 외울 때
'강낭콩보다 더 푸른 그 물결 위에'
시인(詩人)은 강낭콩과 완두콩을 잘못 알았나 생각했다.

진주(晋州) 촉석루(矗石樓)에 올라
남강(南江)을 내려다보아도
완두콩보다 더 푸른 강물이었다.

생물시간 유전(遺傳)의 법칙을
완두콩이 독차지하였었지
많이도 들었고 지루하기도 했었지.

어느 결에 콩이 그릇에 넘치니
쉬었다가 생각나면 또 까야지
이야기 감이 생겨 오늘도 즐겁구나.

(2013. 6. 8)

*시인은 변영로(卞榮魯, 1898~1961).

예수님은 내 마음 속에 계신 거야!

예수님은 내 마음 속에 계신 거야

네 살 백이 외손녀 임연희와
두 살 백이 외손자 윤지혁
재롱으로 외할아버지 생일잔치를 벌인다.

뛰고 놀고 노래 부르고 소리 지르며
웃고 뒹굴고 골내고 토라지고
어느 모습 하나 밉지 않다.

어린 양을 안고 계신 예수님을 가리키며
지혁이가 "뭐야" 하기에
"예수님이야" 일러주었다.

얼마 후 연희가
"예수님은 내 마음 속에 계신 거야!"
어안이 벙벙하여 말문이 막혔다.

"내가 너희 안에 있는 것을 너희가 알리라"
듣고 읽어 보았으나,
저리 쉽게 나오질 않는데

어찌 이리도 당당하게 선언(宣言)할까
네게 배워도 많이 배워야겠다.
들은 대로 믿고 행함을.

(2013. 6. 9)

*요한복음 14:20 말씀
*임연희(林淵熙, 2010. 1. 4)
*윤지혁(尹志奕, 2011. 12. 18)

예수님은 내 마음 속에 계신 거야

강낭콩을 까면서

저녁 먹고 강낭콩 두 자루를 번쩍 들고 올라와
탁자 위에 쏟아놓고 까기 시작했다.

오늘 밤도 이야기 주고 받을
오래 된 친구들이 있어 반갑다.

긴 꼬투리, 짧은 꼬투리에 양손 엄지만 대도
대견스런 콩알들이 단번에 잠 깨어 나온다.

어른들 사이에 끼어들어 깔 때에는
힘든 일이었는데 오늘은 모든 것이 즐겁다.

깍지에 그려진 진분홍 무늬는
깍지 안에 한 알, 한 알에도 물들어 있다.

한 이불 속에서 같은 꿈을 지녀서일까
별나라 아기들 모습 스며들어서일까

모든 처음 난 것 다 치시던 그 밤에
문설주에 피를 바른 집은 재앙이 넘어가던 것

콩 어머니는 피를 아껴 조금씩 깍지에 바르고
마음이 놓이질 않아 모두의 옷에 칠해 주었나 보다.

밝아오는 새벽
붉은 십자가 창문으로 보고 있다.

(2013. 7. 2)

맹꽁이 소리 들으며

비가 그치고 자정이 넘은 이른 새벽
맹꽁이 소리가 들려온다.
매앵, 매앵, 매앵…
영락없는 황소의 음성이다.

그치더니 개구리 소리가 들린다.
개골, 개골, 개골…
어린 시절 고향집 사랑방
등잔불 아래 잠이 쏟아진다.

이 새벽
이층에서는 취업준비로 아들이
일층에서는 살림재미로 집사람이
꿈으로 피로를 풀고 있겠지.

삼층에서는
솟아나는 기쁨 놓칠세라
무장한 군인이 되어

평안을 지키고 있다.

조금 있으면 서너 집 건너
닭 우는 소리 청아하게 들려오고
날이 밝으면
까치 부부 아침인사 오겠지.

(2013. 7. 9)

예수님은 내 마음 속에 계신 거야!

5부

하늘에 계신
우리 아버지여

두고두고 깨닫네

꽃피는 봄
무더운 여름
걸으며 지나가고

선선한 가을
차가운 겨울
걸으며 지나간다.

왼발 끌며 걸어온 길
돌아보기마저 싫어
앞만 보며 걷는다.

걷는 것 하나뿐인 바람
어제도 걷고
오늘도 걷는다.

발걸음 가벼워
날아갈 듯한 마음
숨길 수 없는 기쁨
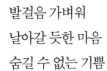

| 송홍만 제17시집

하늘 저편에 내 모습
두고두고 깨닫네
은혜로운 손길.

(2013. 8. 29)

예수님은 내 마음 속에 계신 거야|

하늘에 계신 우리 아버지여

너희는 이렇게 기도하라
주님 일러주신 기도의 첫마디
"하늘에 계신 우리 아버지여."

하늘,
높고 멀어 보이지도 들리지도 아니 하는 곳
그곳에 계신 것 아니오.

생각을 뛰어넘어 가늠조차 하지 못할
높고 먼가 하면, 숨소리 들리는 가까운 곳
머리털 하나도 헤아리고 계신 곳이다.

아버지
사람으로는 뗄 수 없는 이치로 맺어진 분
효자나 성공한 아들이 근엄하게 부르는 소리 아버지가 아니오.

멀리 떠났다가 상처투성이로 돌아오는 아들이
멀리서 맨발로 달려오시는 아버지 품에 안겨
흐느끼며 코 눈물로 부르짖는 소리 '아버지'이다.

116

우리 아버지
나만의 아버지도 아니고
너만의 아버지도 아니오.

모든 사람의 아버지
열 손가락 깨물어 아프지 아니 한 것 없어 하시는
우리 모두의 아버지이시다.

(2013. 9. 11)

*꿈의 교회 김학중 목사의 주기도문 강의를 듣고

자랑 끝에 불난다

해는 웃으며 서산으로 숨고
오랜만에 검은 구름 사이로 두툼한 반달이 나온다.

발 가볍고 걸음 빨라지니
터져 나오는 웃음 참으며 걷는다.

"자랑 끝에 불난다."
자랑 늘어놓을 때면 일러주신 할머니의 말씀이다.

몸에 젖은 할머니의 말씀에 아직도
기뻐 자랑하면 날아갈까 입 다문다.

따라오는 반달과
말없이 주고받는다.

"이 모든 것 네 노력 아니니
주신 님께 감사하라."
들려온다.

(2013. 9. 14)

*뇌경색이 발병한 지 3년이 되는구나.

보고 들으며 느낀다
— '한시(漢詩)와 떠나는 실크로드'를 시청하며

선선한 가을 초저녁 교육방송에서
한시 강의를 오래간만에 시청하니 반갑다.

산시성의 시안(西安)
주(周) 한(漢) 당(唐) 나라의 수도로 오천 년 역사의 중심지
중국에서 로마까지 문물교역의 시발점

"장안(長安)을 비추는 한 조각달
만호(萬戶)에는 다듬이 방망이 소리
가을바람 그침 없이 부니
이 모두 옥문관으로 내닫는 마음
언제나 오랑캐들을 평정하고
우리 님 원정에서 돌아올까." [1]

옥문관(玉門關)은 서역으로 나가는 요충지
젊은이들은 청운의 뜻을 품은 희망의 문
전선의 낭군을 기다리는 아낙들의 그리움의 문

"위성의 아침 비는 먼지를 적시고
여관집 버드나무 더욱 푸르러

예수님은 내 마음 속에 계신 거야

그대여 다시 한 잔을 쭉 마시게나
서쪽 양관을 나서면 친구조차 없을 것일세."2)

떠나는 친구를 전송하며
정겹게 읊은 시 한 수로다
만날 때 기쁘고 헤어질 때 슬픈 것
예나 이제나 매한가지로다.

셴양(咸陽)
진나라 수도였던 곳에 왕릉이 모여 있고
그 중에 한나라 고조 유방의 능 위 길에서

"큰 바람 높게 일어나 구름은 바람을 타고 날아가네
위세를 천하만방에 떨치고 금의환향(錦衣還鄕)하리라
어찌해야 용사들을 얻어 천하태평 지킬 수 있을까."3)

한(漢)나라 고조(高祖) 유방(劉邦)이 살아나
고향사람들 모신 잔치에 두둥실 춤을 추며
시 한 수 읊는구나.

120

명사산(鳴沙山)
가까운지 먼 곳인지 끝이 아니 보이는
풀 한 포기 없이 모래로만 덮인 산
바람이 불면 모래알 우는 소리
모래칼날을 세웠네.

낙타를 타기도 하고 장화 신고 걷기도 하며
나무계단 오르기도 하고 미끄럼 타고 내려도 온다.

한 편에는 해가 지고 맞은편에는 달이 떠오르니
멀리 아주 멀리 초승달 같은 호수인 듯한
월아천(月牙泉)
두어 가지 전설이 잠겨 있다.

실크로드 다른 편으로는 바다 건너 내 고향 당성(唐城)을 지나
집채만 한 비단장사 보따리 묵어가는 '금당(錦堂)',
은(銀)장수 자고 가는 '은장백이'
어린 시절 달음질하던 길 지나 서라벌에 이르렀다.

멀고 오래 전의 일을

예수님은 내 마음 속에 계신 거야|

지금 여기서 보고 들으니
세파(世波)에 무디어진 느낌이 새로워
기쁘고 즐겁구나.

(2013. 9. 14)

1) 이백(李白)의 시(詩)
2) 왕유(王維)의 시(詩)
3) 유방(劉邦)의 시(詩)

고향 가는 길

하늘에 뭉게구름 피어나고
산은 아직 푸르고
들에는 벼가 익어 누렇다.

아장아장 앞장세워
묻는 대로 자상하게 일러주시던
할머님

솜 틀어 돗자리 위에 펴
뭉게구름 떼어 반대기 짓는
어머님

고개 위 흰 구름처럼
멀리서 지켜보시던
아버님

누런 벼 이삭 위로 솟은 피를
쉬지 않고 뽑으며 기뻐하던
큰 형님

예수님은 내 마음 속에 계신 거야

산나물 캐러 간다며
도란도란 산으로 가던
누님

서둘러 오가던 고향 가는 길
이제는 이 길 따라
떠오르는 임 그리워라.

(2013. 9. 25)

지혜로운 삶

―보각스님의 강의를 듣고

부지런하면 작은 부자는 되지만
이웃과 더불어 살면 행복한 큰 부자가 된다.

이웃의 실수로
함께 탄 배는 가라앉는다.

이웃이 잘 되기를
항상 기도하라.

항상 기쁘게 맞이하며
다정한 말을 주고받자

진솔하게 칭찬하라
아끼면 손해를 본다.

양보하고 사양하라
늦으면 빼앗긴다.

항상 단정한 차림을 하여
이웃을 편안하게 하라.   (2013. 9. 25)

예수님은 내 마음 속에 계신 거야!

성경에 나오는 곰 이야기

가을 야외예배 장소가 베어트리파크[1]로 정해지자
곰들이 말씀 속에서 엉금엉금 기어 나온다
사람들은 곰을 미련하다 느리다 하지만
차분하고 일밖에 모르며 고통을 굳세게 견디어낸다.

어린 소년 다윗은 거대한 골리앗 앞에 맞서며
곰과 사자의 발톱에서 건져주신 여호와께서
하나님을 모독한 할례 받지 않은 블레셋에게서도
건져주심을 믿고 나아가 싸워서 승리하였지.

다윗 왕이 아들 압살롬에게 포위되자
다윗의 첩자 후새가 압살롬에게
왕은 새끼 빼앗긴 암곰같이 격분하였고 전쟁에 익숙하여
지금쯤 어느 굴속에 숨어 있으리라 속여 위기를 면했지.

엘리사가 벧엘로 올라가는 길에서
아이들이 그를 대머리라 조롱하여
여호와의 이름으로 저주하니
암곰 둘이 나와 아이들을 찢어 죽였지.

126

지혜와 훈계를 멸시하는 미련한 자보다
새끼 빼앗긴 암곰이 덜 위험하다며
차라리 새끼 빼앗긴 암곰과 만날지언정
미련한 자를 만나지 않는 것이 지혜롭다 했지.

가난한 백성을 압제하는 악한 관원은
부르짖는 사자와 곰 같으니
악한 관원으로부터 재빨리 피해
상대하지 말라 하셨지.

곰과 암소가 함께 먹으며
이리가 어린 양과 함께 살며
젖뗀 어린 아이가 독사의 굴에 손을 넣을 것이며
모든 곳에서 해함도 상함도 없는 메시야의 시대가 온다지.

다니엘이 밤에 환상을 보니 네 가지 짐승의 환상 중
두 번째 짐승은 곰과 같은데 입에는 세 갈빗대가 물렸는데
일어나서 많은 고기를 먹으라 하니
곰은 연합군, 세상정권 잡은 자를 보여준 것이라지.

악인들도 여호와의 날을 사모하고 있으나
그날은 의인에게는 생명, 악인에게는 멸망의 날이니
악인에게 내릴 심판은 피할 수 없이 이어지는지라
사자를 피하다가 곰을, 곰을 피하다가 뱀을 만남 같다지.

사도 요한이 보니 바다에서 한 짐승이 나오는데
표범과 비슷하고, 발은 곰의 발, 입은 사자의 입 같은데
용이 자기의 능력과 보좌와 큰 권세를 주었더라 하여
마지막 적그리스도의 대단함을 알려 주고 있다지.

오늘은 곰 아홉 마리가 차례로 나와
말씀을 살펴보게 하고 뜻을 알 만큼 일러주니
미련하다고 말들 하는 그 곰이
나에게는 또 하나의 스승이로다.

(2013. 10. 1)

1) 베어트리파크(Beartree Park) : 세종특별자치시 전동면 송전리에 있으며, 수원제일감리
   교회 아브라함선교회 부부동반 가을 야외 예배를 올리기로 한 곳임.

*사무엘 상 17:34~37   *이사야 11:6~9
*사무엘 하 17:8~9   *다니엘 7:5
128 *열왕기 하 2:23~24   *아모스 5:18~19
*잠언 17:12   *요한계시록 13:1~2
*잠언 28:15

산 속을 거닐며

바라만 보아도 좋은 산
오늘도 길을 나섰다
두근대는 가슴으로

갈아입지 아니한 푸른 옷 속으로
지팡이 짚고 걸어 들어간다
흐르는 개울 손목 진맥(診脈)하며

숫아나는 샘물
두 손으로 보듬어 젖을 빤다
방긋이 웃는 엄마 얼굴 바라보면서

봉우리만 바라보며 겉으로 달려가
멀리 이 산 저 산 둘러보고 내려온
지나간 젊은 시절

속속들이 내어주는 속내
바위 이끼(moss) 못 견디게 간지럽다
여민 옷깃 사이로 푸른 하늘 엿보네

포근한 엄마 품
산속을 즐겁게 거닌다
태초의 비밀을 터득한 듯

(2013. 10. 4)

너희 중 네가 나를 팔리라

이른 새벽 깜짝 놀라 성경을 덮었다
"너희 중 네가 나를 팔리라" 아니 내가 예수님을 팔아
다시 읽어 봐도 분명하였기 때문이다.

눈 감고 조용히 생각하니 각양각색의 불순종 이어져
그렇게 말씀 거역하며 살았기에
예수님을 파는 배신자가 되었구나.

두렵고 떨려 두 손 모아 기도하고
얼마 후 조심스럽게 열어보니
"너희 중 하나가 나를 팔리라" [1]

너희 중 하나라고 되어 있으니 나는 아니로구나
한숨을 내쉬며 안심하고 나니
두 눈이 번쩍 밝아 온다.

예수님은 처음부터 유다인 것을 알고 계셨건만
그 능력으로 막지 않으시고
제자들에게 대답도 하지 아니 하셨을까

예수님은 내 마음 속에 계신 거야

"너희 중의 한 사람은 마귀니라" [2)]
"너희가 깨끗하나 다는 아니니라" [3)]
"나와 함께 그릇에 손을 넣는 자, 그가 나를 팔리라" [4)]

예수님은 처음부터 알고 계셨지만
제자들을 하나같이 사랑하고 가르치고 발을 닦아주시면서
유다가 회개하고 돌아오기를 기다리셨구나.

하나님은 다른 피조물과는 달리
사람에게는 생기를 넣어 그의 성품을 주서
자유로운 의지로 주신 분과 교통교제할 수 있게 하셨구나.

유다의 생각을 강제로 막았다면
자유의지를 가진 유다를 인격적으로 대한 것이 아니게 되고
다른 제자들에 의해 유다가 살아남지 못했을 것이기 때문이었구나.

유다는 돈을 먼저 생각하는 도둑이고 [5)]
기대했던 메시야에 대한 실망이 커져서
사탄이 그의 마음 속에 들어가 배반의 길을 택하였구나 [6)]

성령이 다윗의 입을 통하여 미리 말한 대로
유다는 예수 잡는 자들의 길잡이가 된 것이지[7]
예언의 말씀을 순종한 것은 분명 아니구나.

유다는 예수님이 다 알고 계시니 더 숨길 수 없고
제자들은 아직 아무도 모르고 있어
회개하기 더 없는 좋은 기회를 버린 것이구나.

"네가 하는 일을 속히 하라"[8]
유다의 마음 속에 사탄이 들어감을 아시고
돌아올 수 없는 강을 건너감을 아시고 하신 말씀이었구나.

133

지금도 유다 같은 사람 있으니
내 욕망 이루려고 예수님 끌어들이는 자
예수님 말씀 따르지 않는 자 되지 말자.

복음의 말씀은 잘못 읽었어도
다시 말씀 살펴보며 깨닫게 하여 주니
복음(福音)은 역시 복음이로구나.

(2013. 10 15)

1) 요한복음 13:21
2) 요한복음 6:70
3) 요한복음 13:11
4) 마태복음 26:23
5) 요한복음 12:6
6) 요한복음 13:27
7) 사도행전 1:16, 시 41:9, 시 109:8
8) 요한복음 13:27

예수님은 내 마음 속에 계신 거야

곰을 보며 사람 같은 소리를 하네

아브라함선교회 부부 야외예배를
베어트리파크(Beartree Park)에서 올리고
정원을 둘러보고 있었다.

새까만 어미 곰, 아기 곰들이
던져주는 먹이를 받아먹는
재롱을 보고 있었다.

한가운데 어미 곰이 앉아서
두 손으로 날아오는 먹이를
받아먹고 있었다.

한참을 보고 있어도
지나치거나 못 미치거나
옆으로 오는 것은 받지 않았다.

"미련한 곰들이라 할 수 없군!"
"제 버릇 개 못 준다"더니 누군가
곰을 보며 사람 같은 소리를 한다.

(2013. 10. 24)

*베어트리 파크는 세종시
전동면 송성리에 있음.

134

낙엽을 밟으며

살짝 내려앉은
낙엽을 밟으며 걷는다.

각양각색(各樣各色) 한결같이
'주시옵소서' 기도문

'감사합니다' 사연은
왜 보이질 않을까.

하늘을 바라본다
파란 호수에도 없다.

흔쾌(欣快, pleasure)하게
열납(悅納)하셨나 보다.

(2013. 10. 27)

예수님은 내 마음 속에 계신 거야

소리소리 복된 소리

떡방아소리[1]
먼 산에 봄이 오니
불탄 속잎 솟아나네
에혜 에혜 에혜우여라
떡방아로구나

우리만 쌀이 없으니
어떻게 설을 맞나요
에혜 에혜 에혜우여라
떡방아로구나

생사는 타고난 명(命)에 있고
부귀는 하늘에 달렸다오
에혜 에혜 에혜우여라
떡방아로구나

서라벌 남쪽 나지막한 낭산 기슭
백결선생 거문고 소리에 맞추어
부인과 이웃들 모여 함께 부르니
나라는 태평하고 백성은 편안하더라

방아소리[2]
아무리 왕이 부럽다지만
나만은 부럽지 않네
쿵덕쿵 쿵덕쿵 쿵덕 쿵덕쿵

제임스 왕이 아무리 행복한들
나만큼이야 행복하랴
쿵덕쿵 쿵덕쿵 쿵덕 쿵덕쿵

왕이 나를 부러워 아니 하듯
나 또한 왕을 부러워 아니 하네
쿵덕쿵 쿵덕쿵 쿵덕 쿵덕쿵

무엇이 그리 행복하오
내게도 알려주오
미행하던 제임스 왕이 물었다

하나님을 믿기에 행복하다며 내어주는 성경책
왕명으로 발간하여 온 백성에게 나눠주니
나라 안뿐만 아니라 온 누리에 복된 소리 울리네

예수님은 내 마음 속에 계신 거야!

찬양소리[3]
내게 비록 어려운 일 닥쳐온대도
무한하신 주의 사랑 속에 살게 하소서[4]
할렐루야 할렐루야 찬양하세

내 모든 죄 사함 받고 주 예수와 동행하니
그 어디나 하늘나라[5]
할렐루야 할렐루야 찬양하세

산전수전(山戰水戰) 손잡아주신 주님
내일인들 어찌 아니 잡아주시리요
할렐루야 할렐루야 찬양하세

팔달산(八達山) 기슭에 자리한 수원제일감리교회
백발의 할아버지 할머니 모여 앉아
알맞는 음을 모아 찬양하는 소리 들리네

(2013. 10. 30)

1) 떡방아소리 : 신라 자비왕(慈悲王, 458~479) 때 낭산(狼山) 기슭에 살던 백결선생(百結先生)이 거문고로 떡방아 찧는 소리를 내었다고 전해지나, 내용은 전해지지 않아 추리(推理)하여 본 것임.
2) 방아소리 : 영국왕 제임스 1세(James I)가 백성들의 삶을 미행(微行)하다가 방아를 찧으며 즐겁게 부르는 소리를 듣고 들어가 무엇이 그리 행복하냐 하니 하나님을 믿어 이렇게 즐겁다고 하여 그것을 보여 달라 하니, 여기 다 있다며 성경책을 내어주어 이를 영어로 번역하여 만백성에게 나누어주라 하여 1604~1611년 인쇄를 마친 것으로 "권위 있는 제임스 성경(KING JAMES BIBLE, 欽定聖經)"이라고 부른다.
3) 찬양소리 : 수원제일감리교회에 실버찬양대는 2013년 7월 창단되어 활동하고 있음.
4) 복음성가 "깊고 깊은 주의 사랑" 가사 중.
5) 찬송가 438장 "내 영혼이 은총 입어" 가사 중

139

단풍잎을 보며

산마루 넘실거리는
단풍물결
곱고 아름답다

다가선 어엿한
한 잎 한 잎
어루만진다

기도의 제목이 된 감사의 조건들
유례없는 장마에도 햇빛 내려주심
어둔 밤 천둥번개로 일깨워 주심

나름대로 받은 은혜
아름다운 사연 가득 담긴
한 장 한 장

바람 한 줄기
휘몰아 우수수
조용히 들려오는 말씀

"다 기쁘게 받았노라
이제는
새 생명의 거름이 되라."

(2013. 11. 1)

예수님은 내 마음 속에 계신 거야

그물을 배 오른편에 던지라

갈릴리 바다 디베랴 호숫가에서
베드로와 몇몇 제자들
아무것도 잡지 못하고 날이 새어갈 때

얘들아 너희에게 고기가 있느냐 누군가의 물음에 없나이다 하니
그물을 배 오른편에 던지라 그리하면 잡으리라 하기에
이에 던졌더니 물고기가 많아 그물을 들 수 없더라

베드로와 제자들은
누군지 모르는 사람에게 대답은 몰라도,
그의 말을 따라 그물을 던졌을까

이왕에 못 잡았으니 속는 셈친 것인가
물고기 떼를 멀리서 보고 하는 말로 안 것일까
헛소리지만 소망을 가지고 던진 것일까
행운을 의미하는 오른편이라 따른 것인가
부활의 영광으로 예수님을 알아 본 것일까

며칠 밤과 낮을 제자들의 모습 그려보던 중
오늘 이른 새벽 드디어 짐작이 들었다

"양은 그의 음성을 듣나니"*

삼 년 가까이 따르며 모셨고,
부활하시어 며칠 전 찾아주신 주님
어찌 그의 음성을 알아듣지 못하였으랴

말씀을 듣고 따져볼 것 없이 순종하라
일상 속에 들려오는 말씀에 귀 기울이라
오늘 내 그물에 잡힌 고기로다.

(2013. 11. 9)

143

*요한복음 21장 1절로 6절 말씀을 상고하며

예수님은 내 마음 속에 계신 거야

늦장미를 보며

제철 지나 뒤늦게 피었다고
늦장미라 하지 마라

가을 지나 겨울 싸늘한 길가에
드문드문 핀 장미송이

뒤처진 선수의 지친 모습 없이
선두주자의 당당하고 장한 모습

소란한 봄 여름 제 자랑 피해
새로운 줄기에 밝게 웃는 얼굴

그 향기를 아는 벌과 나비만이
조용히 다가오는 것을 보라

높고 맑은 하늘 찬 서리에
엄동설한마저 각오한 모습

아름답고 바른 때를
한창 즐기고 있구나

소란스런 초저녁 잠 다 자고
고요한 이른 새벽 떠오르는 모습

(2013. 11. 10)

예수님은 내 마음 속에 계신 거야

내 사랑 지팡이

지팡이는
짚고 다녀 지팡인가

온 몸 의지하며
짚고 다니던 지팡이

한쪽 다리 절뚝거리며
짚고 다니던 지팡이

가볍게 소리 없이
짚고 다니던 지팡이

살짝 땅에 대며
짚고 다니던 지팡이

조심스럽게 조용히
들고 다니던 지팡이

다음에는
집에 모셔놓고 다녀야지

한결같이 함께한
내 사랑 지팡이

(2013. 11. 11)

예수님은 내 마음 속에 계신 거야

송홍만 제17시집

예수님은 내 마음 속에 계신 거야

·

지은이 / 송홍만
발행인 / 김재엽
발행처 / **한누리미디어**
디자인 / 지선숙

·

121-840, 서울시 마포구 잔다리로 35 서원빌딩 2층
전화 / (02)379-4514, 379-4519
Fax / (02)379-4516
E-mail/hannury2003@hanmail.net

·

신고번호 / 제300-2006-61호
등록일 / 1993. 11. 4

·

초판발행일 / 2013년 12월 5일

·

ⓒ 2013 송홍만 Printed in KOREA

·

값 10,000원

·

※잘못된 책은 바꿔드립니다.

·

ISBN 978-89-7969-463-5 03810